テディが宝《ほう》石《せき》を見つけるまで

パトリシア・マクラクラン
こだまともこ 訳

あすなろ書房

テディが宝石《ほうせき》を見つけるまで

エミリーへ、愛をこめて

Published by arrangement with HarperCollins Children's Books,
a division of HarperCollins Publishers
through Japan UNI Agency, Inc., Tokyo

ブックデザイン／城所潤・大谷浩介（ジュン・キドコロ・デザイン）

犬は、言葉をしゃべります。
でも、詩人と子どもたちにしか聞こえません。

パトリシア・マクラクラン

1 ぼくたちが出会った日

その男の子を見つけたのは、夕暮《ゆうぐ》れどきだった。激《はげ》しい吹雪《ふぶき》のなか、すぐにでも暗くなってしまいそうなころ。横なぐりに吹《ふ》きつける雪のせいで、男の子の姿《すがた》はぼんやりとしか見えなかった。その子は、凍《こお》りついた湖の岸に立って震《ふる》えていた。

ぼうしもかぶっておらず、金髪《きんぱつ》が頭にぺったりはりついていた。

ふいに、パキッと折れた枝《えだ》がすぐそばに落ちた。男の子はさっと飛びのいた。そのとき、降《ふ》りつもる雪のなかを近づいてくるぼくに気がついたのだ。

ぼくは、男の子の手を鼻でそっと押《お》した。ぼくのことを怖《こわ》がってはいなかった。吹雪《ふぶき》を怖《こわ》がっていたのだ。ほおに、涙《なみだ》の筋《すじ》ができていた。

男の子は、ぼくを妹のところに連れていった。妹は、大きな木の下にうずくまり、毛布《もうふ》にくるまれていた。男の子より、三つか四つ小さい。八歳《さい》くらいかな。男の子は毛布《もうふ》をひっぱって、しっかりと巻《ま》きなおしてやった。

ぼくは、妹の手も、鼻でそっと押《お》した。妹は立ち上がると、ぼくとまっすぐに目をあわせた。

この子たちを、守ってやらなければ。

ぼくは、犬だ。それを、最初にいっておかなきゃね。でも、ぼくは人間の言葉を聞きながら育ってきたし、いまではしゃべることだってできる。シルバンさんという詩人が、ぼくを保護施設《ほごしせつ》で見つけ、家へ連れて帰ってくれた。シルバンさんは、暖炉《だんろ》の前に犬用の赤いマットを敷《し》いてくれ、ぼくはシルバンさんがコンピュータで詩をつづる、カチカチという音を聞きながら育った。

シルバンさんは、一日じゅう詩を書いていた。そして、ぼくに詩や物語を読んで聞かせた。アイルランドのイエーツ、ジェイムズ・ジョイス、イギリスのシェイクスピア、ワーズワース、アメリカのナタリー・バビット、ビリー・コリンズの作品。『シャーロットのおくりもの』や、「ナルニア国ものがたり」シリーズの『ライオンと魔女《まじょ》』や、『朝の少女』や、ぼくの大好きな『にぐるま　ひいて』という絵本も。こうして、ぼくは言葉がどんなふうにつながっているかわかるようになり、言葉によって元気になったり、なぐさめられたりするようになった。

ぼくは人の言葉がわかるけれど、ぼくの言葉がわかる人は、二種類しかいない。シルバンさんが、前に教えてくれた。

「詩人と子どもだけなんだよ。ぼくたちは、本当に似《に》た者どうしだからね。詩人が見つからないときには、子どもを探《さが》すといい。よおく覚えておくんだよ」

よおく覚えておくんだよ。

男の子は吹雪《ふぶき》のなかでしっかり立てるように、ぼくにつかまっていた。

「助けて」男の子は、いった。

どういうことか、ぼくにはわかった。

道に迷《まよ》った人を、どうやって助けたらいいか、シルバンさんに教わっていた。

ぼくが、シルバンさんに救ってもらったように、この子たちを救ってあげよう。

男の子は妹と手をつないで、ぼくのあとについてきた。いそいで林をぬけ、大きな岩を通りすぎ、物置のそばの小道を進んでいった。シルバンさんがいなくなったあと、ぼくは、その物置で寝《ね》ていた。あの日から、まだ三日しかたっていなかった。ぼくは、数の数え方も習っていたんだよ。

昼と夜が、ひとつ

昼と夜が、ふたつ

昼と夜が、みっつ

それとも、四日たったのかな？　ひとりぼっちでいると、時のたつのがわからなくなってしまう。

シルバンさんの詩の教室の生徒たちが、代わるがわる食べ物を持ってきてくれた。ぼくがいちばん好きなエリーは、ぼくが、シルバンさんがいなくなった家では眠《ねむ》れないのを知っていた。自分の家に連れて帰ることもできたけれど、ぼくが家を離《はな》れられないのも、エリーはわかっていた。

男の子は、ぼくの首に片手《かたて》を置いていた。とってもいい感じだ。シルバンさんは、林を歩くとき、いつもそうやって首に手を置いてくれた。ときどき、詩で話しかけてくれた。

ぼくは、泣きたくなった。でも、もうひとつ、本当のことを話さなきゃね。犬は、泣けないんだ。さびしさや、悲しさは感じることができるのに。

ぼくたちは泣くことができない。

「どこに行くの？」女の子が、きいた。鐘《かね》の音みたいな、すきとおった声だ。吹《ふ》きつける風で、顔に髪《かみ》の毛がかぶさっている。
「うちへ行くんだ」ぼくは、初めてしゃべった。
ぼくがしゃべっても、女の子はおどろかなかった。
ぼくの耳に顔を近づけたので、暖《あたた》かい息がかかった。
「ありがとう」と、ささやいた。
ああ、泣けたらどんなにいいだろう。

2 シルバンさんとぼくのうち

ぼくたちは、雪と風のなかを、やっとのことで進んでいった。

「あった！」丸太小屋が見えると、女の子は声をあげた。

窓《まど》から明かりがひと筋《すじ》もれていた。ぼくたちがいっしょに暮《く》らしていたとき、シルバンさんは、昼も夜もその明かりを灯《とも》していた。

「これは、ぼくたちの灯台だよ」と、シルバンさんは教えてくれた。

ドアに鍵《かぎ》がかかっていないのは、わかっていた。鼻でレバーを上げて、ドアをあけた。ぼくが自由に出たり入ったりできるように、シルバンさんがレバーをつけてくれたんだ。

ぼくたちは、吠《ほ》えたける風のなかから、静けさのなかへ足をふみいれた。

男の子と女の子はコートをぬぎ、ぼくは体をぶるっとふって、毛についた雪をはらいおとした。

「あたし、フローラよ」女の子はいった。「寒いよ。毛布《もうふ》、びしょぬれなんだもん。こっちは、ニッケルだよ」と、お兄ちゃんを指さした。

「ニコラスだよ。でも、フローラはニッケルって呼《よ》ぶんだ」

「ぼくは、テディ。ニッケルって名前、好きだな」と、ぼくはいった。

灯台の明かりのほかは、小屋のなかは真っ暗だった。ニッケルが、電気スタンドをふたつつけた。

「火をつけられる？」ぼくは、たずねた。「暖炉《だんろ》に、薪《まき》と焚《た》きつけが入ってるよ」

ニッケルは、うなずいた。

「ぼく、もうすぐ十二歳《さい》なんだ」

フローラは、ドアの横のフックにコートをかけた。

「どうして迷子《まいご》になったの？」と、ぼくはきいた。

「車がスリップして、雪だまりにつっこんだの。それで、お母さんがいくらやっても、エンジンがかからなくなったの」と、フローラが答える。

ニッケルは、もう暖炉《だんろ》に焚《た》きつけと薪《まき》を組みあげていた。マッチは、暖炉《だんろ》の上で見つけた。

「お母さんは、携帯電話《けいたいでんわ》をうちに置いてきちゃったんだ。そしたら、道の向こうのほうに家の明かりが見えたんだよ。道路も雪かきがしてあったから、お母さんはぼくたちを車に残して、助けてもらいに行ったんだ」

「それで、ずーっと帰ってこなかったの」と、フローラ。

「車で待ってるつもりだったけど、知らない人たちが来て窓《まど》をたたいたんだ。車がすっかり雪で埋《う》まっちゃう前に、ひっぱりださなきゃいけないからって。そしたら、フローラが怖《こわ》がって」

「ニッケルだって、怖《こわ》がってたじゃない」

フローラにいわれて、ニッケルはにっこり笑った。

暖炉《だんろ》に燃《も》える火がちらちらと部屋《へや》を照らして、ぼくたちを温めてくれた――何日かぶりの火。フローラは、シルバンさんのコンピュータのところに行って、さわってみている。


暖炉《だんろ》の明かりのなかに、シルバンさんがたしかに見えている――ぼくとおなじ、灰《はい》色《いろ》の毛のシルバンさん――頭も、顔もすっかり灰色《はいいろ》だ。あとになって、言葉を覚えたとき、顔に生えているのはひげというものだとわかった。

ぼくは、初めてシルバンさんにしゃべったときのことを覚えている。シルバンさんが『にぐるま　ひいて』を、何度かぼくに読んでくれたあとのことだ。シルバンさんは、ぼくがその絵本が大好きなのを知っていた。

「『にぐるま　ひいて』は、詩だね」と、ぼくはいい、自分の声にびっくりした。

コンピュータに向かっていたシルバンさんがふりむいて、うれしそうに笑う。

「そのとおりだよ！」

シルバンさんの目に涙《なみだ》があふれたので、ぼくは歩いていって涙《なみだ》をなめてあげる。

シルバンさんは手をのばして、壁《かべ》にかけてあった小さな鏡を手にとる。そして、鏡にぼくたちふたりを映《うつ》しだす。

「おなじ色の髪《かみ》。おなじ目。ふたりとも、言葉を使って考えている」と、シルバンさんはいう。

「わたしは　詩人
きみは　犬
どっちが　詩人？

どっちが　犬？」

「これは、詩じゃないんだよ、テディ。

ぼくたちの歌だ」

シルバンさんは、その歌に節をつけて、しょっちゅうぼくにうたってくれる。


「お父さんに、電話しなきゃ。お父さんの学校も、吹雪《ふぶき》でお休みになってるから」

ニッケルがいった。

「電話はない。シルバンさん、電話が嫌《きら》いだったんだよ」

「電話はない？」ニッケルは、おうむ返しにいった。

「うん」

「じゃ、コンピュータでメールできる？」

「できないんだ。シルバンさんは、詩やなんかを書くときにだけ使ってたんだ。外の世界には、つながってないよ。言葉のためだけに、使ってたから。それから、テレビもないよ。でもね……お天気を調べる箱みたいな道具は持ってたよ。あとで、探《さが》しに行こうか」

「お父さんやお母さん、心配するだろうな」ニッケルがいった。

「あたし、お手紙書いてきたの。前の座席《ざせき》に置いてきたから、あたしたちが助けてもらったってわかるよ」

ニッケルは、目を丸くしてフローラを見た。

「フローラが？　お手紙を書いたって？」

フローラは、うなずいた。

「あたし、字、書けるもん。大きな字で、書いたよ。だーいーじーぶ、って」

だれも、なにもいわなかった。

フローラは、肩《かた》をすくめた。

「あたし、ちょっとウソついちゃった。それから、ちっちゃい〝よ〟と、〝う〟、忘《わす》れちゃったかも」

「ほんとに、だいじょうぶだったじゃないか」と、ぼくはいった。「ウソなんて、ついてないよ」

「やったね！　フローラ」と、ニッケルもいった。「それ読んだら、お母さん、心配しないよ」

「あたしがやったのは、それだけだもん。でも、ニッケルは、あたしのこと助けてくれたじゃない。毛布《もうふ》でくるんでくれたし。寒い車から、出してくれたよ」

ニッケルは、首を横にふった。

「ぼくたちを助けてくれたのは、テディだよ」

「けど、テディを見つけたのは、ニッケルだよ」フローラは、いいはる。

「ぼくたちは、おたがいに見つけあったんだ」ぼくは、いった。「はい、これでおしまい」

フローラは、ぼくを見て、にーっと笑った。

暖炉《だんろ》の薪《まき》が一本、めらめらと燃《も》えあがった。火影《ほかげ》が、壁《かべ》に跳《は》ね返って踊《おど》っている。

シルバンさんが声に出して読んでくれたときの言葉みたいに。

フローラは、シルバンさんの写真のところに行って、じっと見ている。この家で、詩の教室の生徒たちに囲まれているところだ。ぼくとシルバンさんの写真もある。ぼくたちは、頭と頭をくっつけている。

フローラが、ふり返った。

「これ、テディだね」

「シルバンさんが、ぼくを救ってくれたあとの写真だよ」

フローラは、もう一度、写真を見た。

「シルバンさんに救われる前のことだけど、だれかに置いてけぼりにされちゃったわけ？」

「うん」

「あたしたちみたいだ」

写真を見たまま、ふり返らずにフローラはつぶやいた。

暖炉《だんろ》にあたっていたニッケルが、ふり返った。悲しそうな顔をしている。

「お母さんは、置いてけぼりにしたんじゃないよ。ぼくたちを助けてもらいに行ったんじゃないか」

「子どもたちは、ちっちゃな真実を語るんだ」あるとき、シルバンさんが教えてくれた。「詩人は、それをわかってやらなきゃいけないんだよ」

ちっちゃな真実を語ったのは、フローラだった。それを聞いたニッケルは、とてもつらくなった。お母さんが自分たちを、激《はげ》しい吹雪《ふぶき》のなかに長いこと置きざりにしたなんて、ニッケルは考えたくなかったんだ。

薪《まき》がパチッとはじけ、暖炉《だんろ》の前の石の床《ゆか》に火花が飛びちった。ニッケルは、飛びちった灰《はい》を手ぼうきで掃《は》いて、暖炉《だんろ》にもどした。

いつもこんなふうにしていたっけ。

フローラは、ぼくをじっと見つめていた。ぼくには、フローラが考えていることがわかった。そのことをきいてくるとしたら、フローラだ。

「で、どこにいるの？　シルバンさんは、どこ？」

やさしい声だった。いじわるできいたわけではない。でも、ぼくには答えられなかった。ぼくは窓《まど》のところに行って、外を見た。

フローラは、ついてはこなかった。

3 いつもこんなふうにしていたっけ

ぼくたちは、缶詰《かんづめ》を見つけた。シルバンさんの大好物、いんげん豆を糖蜜《とうみつ》で煮《に》たベークドビーンズ、チキンスープ、それにクラッカーも。牛乳《ぎゅうにゅう》は、なかった。

「どうせ、あたし、牛乳《ぎゅうにゅう》は好きじゃないの」フローラが、いった。

風が、きゅうに強くなり、木の枝《えだ》がさけたり落ちたりする音が、小屋をゆすった。

電灯が、ついたり消えたりしている。停電になったときのために、ぼくたちは灯油ランプを見つけた。

「ふたりとも、シルバンさんのベッドで寝《ね》ていいよ」

「ぼくは、暖炉《だんろ》の前で、テディといっしょに寝《ね》たい」ニッケルがいった。

「あたしも」と、フローラ。

ぼくたちは枕《まくら》と、毛布《もうふ》と、シルバンさんの古い、緑色の寝袋《ねぶくろ》を集めてきた。

風は、ますます激《はげ》しくなった。大きな枝《えだ》が落ちる、ドシンという音がした。

電灯が消え、またつき、それから消えた。

ぼくは、赤いマットの上に横になった。

フローラは、すぐに眠《ねむ》ってしまった。

しばらくすると、ニッケルが寝返《ねがえ》りを打って、ぼくを抱《だ》いた。

いつもこんなふうにしていたっけ。

夜中に、ぼくは一度だけ起きあがって、ドアのレバーを鼻で押《お》しあげ、風のなかに出た。

ニッケルが、顔を上げた。

「どこに行くの?」

おびえたような声だ。

「おしっこに行くんだよ」

ぼくがそういうと、闇《やみ》のなかからフローラの眠《ねむ》たそうな、おだやかな声がした。

「テディは、犬なんだよ、ニッケル」

「そうだよね。すぐに忘《わす》れちゃうんだ」

ぼくは、赤いマットの上にもどり、ニッケルのそばに横になった。

ニッケルは、またぼくに腕《うで》をまわした。

「ときどき、ぼくだって忘《わす》れちゃうんだよ」

ニッケルにいってあげた。

4 ネコのグレイは　行ってしまった

朝になっても、風は吠《ほ》えたけっていた。ドアの両横にある窓《まど》は、半分くらいまで雪で埋《う》まっていた。雪はまだ、しんしんと降《ふ》りしきっていた。

ドアをあけて外に出ようとしたけれど、雪は頭の上まで積もっていた。これでは、とても歩けない。

きのうの晩《ばん》、ニッケルが雪かきシャベルを小屋のなかに入れて、立てかけておいた。そのシャベルで、ニッケルは雪のなかに道をつけてくれた。ぼくは、雪のなかを大きく飛びはねていった。

家にもどると、ドアの前の敷物《しきもの》の上で体をふって、雪を落とした。

「ありがとう、ニッケル」

ニッケルの髪《かみ》は、頭にぺったりはりついていた。きのう、ぼくが最初に見つけたときとおなじように見えた。

フローラは、まだ暖炉《だんろ》の前で眠《ねむ》っていた。

「お天気箱を見つけて、聞いてみたよ。あれって、お天気だけを教えてくれるラジオなんだね」ニッケルが、いった。「雪嵐《ゆきあらし》は、まだ何日かつづくって。だれも、道路に出ちゃいけないって。電話も通じないんだ。携帯《けいたい》電話も」

「ひと晩《ばん》じゅう、停電になったり、直ったりしてたね」ぼくは、いった。「前にも一度だけ、何時間も停電になったことがあるよ」

風の吹《ふ》きすさぶ、嵐《あらし》の午後。シルバンさんの生徒が、輪になってすわっている。暖《だん》炉《ろ》に、火が燃《も》えている。ぼくは赤いマットの上に横になって、耳をすましている。詩人になりたい学生たちは、みんな熱心で、みずみずしく、洗《あら》いたてのリンゴみたいだ。白髪《しらが》まじりの灰色《はいいろ》なのは、シルバンさんとぼくだけ。

「ここにいるみんなは、人生のことなんか、ほとんど知らないんだよ」

シルバンさんは、クッキーのお皿と、炭酸水《たんさんすい》のびんを出しながら、ぼくにささやく。

「自分の知ってることがなにか、知らないだけじゃないかな」ぼくがいうと、シルバンさんはほほ笑《え》む。

みんな、ぼくをなでてくれる。生徒っていうのは、先生のペットにやさしくするものなのさと、前にシルバンさんが話してくれたっけ。

若《わか》い男の学生が、家畜《かちく》を歩かせて、町まで連れていく農場の男の詩を読む。ぼくは、起きあがる。えっ、『にぐるま　ひいて』にそっくりじゃないか。学生が読みおわると、シルバンさんがうなずく。

「テディ、どう思う?」シルバンさんがきく。

生徒たちは、笑いだす。

「うすっぺらで、なんかのまねみたいだね」思わずしらず、ぼくはしゃべっていた。

もちろん、シルバンさんのほかは、ぼくの言葉が聞こえない。

「ちがう書き方ができるんじゃないか、ダン」シルバンさんが、いう。「『にぐるまひいて』を読んでごらん」

細っこくて、いつもびくびくしているエリーが、失恋《しつれん》の詩を読む。

シルバンさんは、いらいらと足先で床《ゆか》をたたいている。この詩が、気に入らないんだ。

「エリー、きみは失恋《しつれん》したことがあるのかね？」

エリーが読みおわると、シルバンさんがきく。

エリーは、首を横にふる。目に涙《なみだ》が浮《う》かんでいる。

ぼくは、赤いマットから立ちあがって、エリーのそばに行った。

エリーのくちびるが、ふるえている。

「きみは、なにを失ったんだい？　この詩で本当にいいたいのは、なんなのかね？」

ぼくが身を寄《よ》せると、エリーは片方《かたほう》の腕《うで》で抱《だ》いてくれる。

「わたしのネコです」エリーは、消えいりそうな声でいう。

エリーは、もう本当に泣いている。ぼくは、シルバンさんをにらんで、歯をむきだす。

ぼくを見たシルバンさんは、ちょっと顔をなごませる。

「エリー」シルバンさんは、やさしい声でいう。「じゃあ、ネコの詩を書いてごらんよ」

そのとき電灯が消える。真っ暗な部屋《へや》で、エリーの涙《なみだ》が、ぼくの首筋《くびすじ》のふわふわした毛をぬらす。

「エリーに、いじわるだったね」あとで、ぼくはシルバンさんにいった。

シルバンさんは、ため息をつく。

「わかってるよ。ときどき作家や詩人は、ほかの作家や詩人にたいして、思いやりがなくなるんだ。自分をふるいたたせるようなものがないかなって、いつも期待しているからね。そういうものがないと、腹《はら》が立ってくる。でも、見ていてごらん。エリーはすばらしいネコの詩を書くから」

そのとおりだった。

『ネコのグレイは　行ってしまった』という詩の最後は、こう結ばれている。

月の光のなかに
いない
わたしのほおにふれる　やわらかい前足は
いない
わたしのあごの下で丸くなる、ふんわりした毛は
いない
ただ
悲しい空間が　残っているだけ――
ネコのグレイは　行ってしまった

5

悲しみもいっぱい、喜びもいっぱい

夜になっても、丸太小屋のなかは騒《さわ》がしかった。風が、荒々《あらあら》しい歌になって、静けさを押《お》しのけていた。

電気は、切れたりついたり、切れたりついたり、何度もくり返していた。

ぼくたちは、冷凍庫《れいとうこ》にあったいろいろな物を料理して、あとで暖炉《だんろ》で温めて食べられるようにした。料理したものは、冷蔵庫《れいぞうこ》に入れる代わりに外の雪に埋《う》めておいた。

今日、フローラはレンジの上でスープをかきまわしながら、本を読んでいた。

「これ、テディの本だよ」フローラが、ぼくを呼《よ》んだ。

レンジのところに行くと、フローラはアイリッシュ・ウルフハウンドのことを書いた本を読んでいた。表紙には、ぼくみたいに脚《あし》の長い犬の写真がのっている。

「テディのほうが、ずっとかっこいいね。ぜったい」

にっこりできたら、笑っていたところだな。

「テディの、ずっとずっと昔のおじいちゃんたちは、戦う犬だったって知ってた？」

フローラは、本の上からぼくを見た。

「シルバンさんが、前に話してくれたよ」

「ひいひいおじいちゃんや、ひいひいおばあちゃんは、馬に乗ってる兵隊にかみついて、ひきずりおろしてたりして」

「ぼくは、そんなのやったことないな」

それを聞いて、ニッケルが笑いだした。

「やさしい性格《せいかく》だって、ここに書いてあるよ」と、フローラ。

「いちばんの友だちって、書いてない？」ニッケルが、暖炉《だんろ》に薪《まき》を入れながらきいた。

フローラは本をおろすと、小さなびんからハーブをスープにふりいれて、かきまわした。

「そうなんだって」フローラは、元気な声でいった。「ちゃんと書いてあるよ。それに、アイリッシュ・ウルフハウンドは、子どもやネコが大好きだって」

「一ぴきか二ひきなら、感じのいいネコに会ったことがあるな」ぼくは、いった。

「うちにも、ネコがいるの」と、フローラがいう。

「シャーッって、怒《おこ》ったりするネコ？」ぼくは、きいてみた。

フローラは、バカにしたような顔で、ぼくのことを見た。

「うちの子は、そんなことしないってば」

とつぜん激《はげ》しい風が、小屋に雪を吹《ふ》きつけた。大きな枝《えだ》が落ちた。ぼくたちは、はっと顔を上げた。

「もっともっとつづくんだって」ニッケルがいった。「お天気箱の電池がなくなりかけてるんだけど、どうやって充電《じゅうでん》したらいいか、わからないんだ。でも、雪嵐《ゆきあらし》は、まだ何日かつづくっていってた」

「よかったあ」と、フローラがいった。「あたし、ここにいたいんだもん」

「ぼくだって」ニッケルがいう。「暖炉《だんろ》で燃《も》やす薪《まき》と、食べ物があればね」

ニッケルは、ちょっとだまってから、またいった。

「それと、お父さんとお母さんが心配してなければ」

「あたし、いったでしょ。お手紙書いといたって」

「薪《まき》なら、物置にあるよ」ぼくはいった。

「物置まで行ければいいけど」と、ニッケル。

「それに、食べ物も食料部屋《べや》にあるよ」と、フローラ。

「ぼくも、ここにいたい」ふいに、そんな言葉が、ぼくの口から飛びだしていた。

「ここにいたいんだよ」


シルバンさんは、にこにこ笑いながらコンピュータのキーを打っているときもあれば、顔をしかめて、ぶつぶつつぶやいているときもある。

ぼくは、赤いマットの上にすわって、あくびをする。最後にキュウッという声が出てしまう、いつものあくびだ。

シルバンさんが、ぼくのほうを見る。

「詩や物語を書くのって、簡単《かんたん》なことじゃないんだよ。わたしが考えるに、悲しみもいっぱい、喜びもいっぱい、ってところだな」

「犬でいるってことみたいにね」と、ぼく。

シルバンさんは椅子《いす》をぐるりとまわして、ぼくの顔をのぞきこむ。

「エリーに、あんなふうにいったけど、今度はわたし自身に同じアドバイスをしようと思う。つまりね、わたしが愛しているものについて書くんだ」

シルバンさんは、ちょっと間をおいてからいう。

「きみの詩を書こうと思ってるんだ」

「エリーが、ネコの詩を書いたみたいに？」

「そうだよ」

シルバンさんはコンピュータに向きなおると、いっしょけんめいにキーを打ちはじめる。

「エリーはね、詩人なんだ。とうとう、詩人になったんだよ。このつぎ、きみに会ったら、エリーはきみの言葉が聞けると思うよ」

「わかってるさ」ぼくは、あくびをしながらいう。

小屋のなかが、シルバンさんの笑い声でいっぱいになる。ちょっとたってから、自分の書いているものを見て、またしばらく笑いつづける。それといっしょに、すこし咳《せき》もする。シルバンさんの机《つくえ》には、薬びんとスプーンが置いてある。シルバンさんは、スプーンに薬を入れる。顔が、ちょっとほてっている。

しばらくしてから、シルバンさんは立ちあがってコンピュータのふたを閉《し》め、ソファに横になる。

ひと晩《ばん》じゅう、シルバンさんの咳《せき》は止まらない。

この日から、シルバンさんはぐあいが悪くなる。

6 なにか、いいこと

「恐《おそ》ろしい嵐《あらし》のなか、丸太小屋で暮《く》らしはじめて三日目」ニッケルが、芝居《しばい》がかった口調でノートを読みあげた。「フローラは、腹《はら》ぺこイタチみたいに冷蔵庫《れいぞうこ》のなかをかきまわしている。なにか謎《なぞ》めいたもの、たぶん毒のあるものを探《さが》しているのだ」

毎日、ニッケルはだまってノートになにかを書いては、読んで聞かせてくれた。丸太小屋のぼくたちの暮《く》らしについて自分なりに感じたことを。

ニッケルの書いたものは、ゆかいで、ふざけていて、時には心の琴線《きんせん》にふれる。「琴線《きんせん》にふれる」という言葉は、シルバンさんに教わった。

「詩では、いちばん大切なことなのかもしれないな。琴線《きんせん》にふれるってことが」

シルバンさんなら、ニッケルは独自《どくじ》の表現《ひょうげん》を持っている、っていっただろうな。

ニッケルは、一度もシルバンさんのコンピュータを使わせてくれといわなかった。

銀色のコンピュータは、ふたをしたまま、デスクの上でひっそりとしていた。これでおしまいって、いっているように。

シルバンさんは、コンピュータのふたをパタンと閉《し》める。

「おしまい。これっきりだ!」

これっきりだ! という言葉が大きくひびいて、ぐっすり眠《ねむ》っていたぼくは飛びあがる。

シルバンさんは、にんまり笑って、ぼくの赤いマットの上に枕《まくら》を持ってくる。ぼくの横に寝《ね》そべって、腕《うで》で抱《だ》いてくれる。

ぼくは犬だから鼻がいいし、耳も鋭《するど》い。シルバンさんの呼吸《こきゅう》が苦しそうなのがわかる。においも、ぼくが知っているシルバンさんのものとはちがう。

「獣医《じゅうい》さんに行ったほうがいいよ」

「お医者さんだ」と、シルバンさんは、間違《まちが》いを正す。

「そうそう」

「あしたになったら、エリーが車で連れてってくれる。きみも、エリーと楽しいおしゃべりができるよ」

シルバンさんは、心からうれしそうに笑う。

料理をするのは、もっぱらフローラになっていた。ちょっと見には震《ふる》えあがるような料理を発明するけれど、食べると、びっくりするほどおいしい。

フローラが作ってくれたスープを、ぼくは盛大《せいだい》に音を立ててなめた。そのあとで、具を食べた。

「スプーンを使うより、そのほうがずっといいね」と、ニッケルがいった。

「ピーナツバターが、いちばんやっかいなんだ」うわあごにくっついたのを、なんとかなめとろうとしながら、教えてあげた。

「あたし、女の子だから料理をしてるんじゃないんだよ」と、フローラはいった。

「好きだから、やってるの。いちばん好きなのは、ハーブだよ。びんをふってハーブをお鍋《なべ》に入れるのって、理科の実験みたいだもの。あたし、大きくなってネコと犬を二十七ひき飼《か》って、馬の調教師《ちょうきょうし》になったら、ハーブをいーっぱい集めるんだ」

ニッケルが、笑いだした。元気のいい笑い声が、小屋の外に吹《ふ》きすさぶ、絶《た》え間《ま》のない風の音を切りさいていく。

シルバンさんの笑い声を思い出した。

「ぜったい馬を見つけるからね。いまに見ててよ」フローラはそういうと、またオーブンのほうを向いた。

「フローラなら、ぜったい見つけるよ」ニッケルがぼくにいった。

フローラが、自分の発明したごちそうを料理しているあいだに、ニッケルとぼくは外の物置に行くことにした。

風に逆《さか》らいながら、降《ふ》りつもった雪のなかを進むのは、やっぱり大変だった。ぼくたちは、頭を下げて走った。物置に着くと、戸をあけてなかに入り、ピシャリと閉《し》めた。

物置のなかは、切った木のあまい香《かお》りでいっぱいだった。ふしぎなほど暖《あたた》かくて、静まり返っていた。

ニッケルは、薪《まき》の山にしばらく寄《よ》りかかっていた。

「シルバンさんがいなくなったあと、ここに寝《ね》てたんだね」

ニッケルは、薪《まき》の山の後ろでくしゃくしゃになっている、灰色《はいいろ》の毛布《もうふ》のほうにあごをしゃくってみせた。

「そうそう」

「ひとりぼっちで、うちのなかで寝《ね》るのがいやだったんだよね」

「うん」

「ここ、暖《あたた》かかった？」

「暖《あたた》かかったよ。たいていの夜はね」

ニッケルは、ため息をついた。

「でもね、フローラとぼくがうちへもどっちゃったら、テディはどうなるの？」

ぼくは、答えなかった。

ちょっとしてから、ニッケルは材木を運ぶ手押《てお》し車に薪《まき》を積みはじめた。ドアをあけて、また激《はげ》しい風と雪のなかを小屋にもどろうとしたとき、ニッケルはぼくのほうにふり返った。

「きっと、なにかいいことが起こるよ。ぼくには、わかってるんだ。だって、きみにはずっとシルバンさんがいたんだもの」

心の琴線《きんせん》にふれるいい方だった。また、おなじ言葉を使ったね。

琴線《きんせん》にふれる。

吹《ふ》きすさぶ風と雪のなかに出ると、ぼくたちは急ぎ足で小屋に向かった。ふいに、ニッケルがぼくの頭に手を置いた。

「見て」

小屋のまわりの空き地の、森にいちばん近いところに、鹿《しか》がいた。夜明けの色をした鹿《しか》は、じっとぼくたちのことを見ていた。

「なにかいいことが起こるしるしだよ」

ぼくたちは、また小屋にいそいだ。ふたりでふり返ると、もう鹿《しか》はいなくなっていた。

7 どんどん遠くへ

ふたりにその話をしたのは、朝になってからだ。夜は、話す気にはなれなかった。夜は、夢《ゆめ》を連れてくることがあるから。

ぼくたちは、フローラが牛乳《ぎゅうにゅう》なしで作ったパンケーキに、メープルシロップをたっぷりかけて食べていた。食べたことのない味で、つぶつぶしていたけれど、おいしかった。ぼくは、最初にシロップを全部なめてから、パンケーキをちびちび食べた。

ぼくを見ていたニッケルも、まねをした。フローラが、笑いだした。

ニッケルは、お天気箱を充電《じゅうでん》するコードを見つけていた。

「あと何日か、悪いお天気がつづくんだって。雪嵐《ゆきあらし》がやむ前に、道路が凍《こお》りつくってっていってる。でも、二日もすれば通れるって。そしたら、いろんなものが元にもどる。たいていのところが、停電しなくなるって」

「それで」ぼくは、とつぜんいっていた。「シルバンさんの病気が、すごく悪くなったんだ」

こんなふうに、ずばりというつもりはなかった。

ニッケルが、フォークを置いた。

フローラは口をあけたが、ぼくと会ってから初めて、その口から言葉が飛びだしてこなかった。

「きみたち、シルバンさんが、ぼくを置いてけぼりにして出てったなんて、思ってなかったよね？　だって、シルバンさんのこと、たくさん話してあげたもんね？」

フローラは、なにもいわずにうなずいた。

ニッケルの目のふちに、涙《なみだ》がたまっていた。

「そうなんだ」と、ぼくはいった。「シルバンさんは、病気になったんだよ」

シルバンさんをお医者さんに連れていくために、エリーが車で迎《むか》えに来る。明るく晴れた日で、エリーはノックをせずに小屋に入ってくる。

「おはよう、テディ」

エリーはぼくの頭に自分の頭を寄《よ》せ、抱《だ》いてくれる。

「おはよう、エリー」

エリーは、にんまりする。

「テディの言葉、聞こえたよ」うれしそうにいう。

「きみは、詩人だからね」と、ぼくはいう。

シルバンさんが、リビングに入ってくる。ブルーのシャツに、ツイードのジャケットを着ている。

シルバンさんの目は、シャツとおなじブルーだ。

「ふたりでおしゃべりしているのが、聞こえたみたいだけど?」シルバンさんは、ちょっとふざけてきく。

「そうなんです。うちに帰ったら、わたしの犬のビリーも話しかけてくれるかしら?」

「それはむりだな。でも、心配するな。きみにはたっぷり時間があるから、ビリーにどっさり本を読んでやれるじゃないか」

エリーは、ため息をつく。

「だめだわ。ビリーは、お話を聞くより、眠《ねむ》るほうが好きなんですもの」

「わたしが運転していくよ」と、シルバンさんはいったけれど、自転車に乗る姿《すがた》しか、ぼくは見たことがない。

エリーも賢《かしこ》いから、すぐにこういった。

「免許証《めんきょしょう》、持っていらっしゃるんですか?」

「持ってないよ。詩人だもの」ぼくがいうと、エリーは笑いだす。

「わたしが運転していきます。先生は助手席にすわって、すてきな言葉をつむぎだしていてくださいな」

エリーは、ぼくの頭をなでる。

「あなたも、いっしょに乗っていきたい？」

「ここで、待ってるよ」

ぼくは、うちを離《はな》れたくない。もし離《はな》れてしまったら、なにもかも変わってしまう気がする。

ぼくは小屋の外に出て、エリーの小さな、赤い車を見送る。

どんどん遠くに行ってしまうのを。

8
いじわるじいさん

エリーの車が、ドアのところまで来るのが聞こえる。

シルバンさんが、お芝居《しばい》のことを話してくれたことがあった。ぼくはいま、お芝居《しばい》を見ているような気持ちだ。

シルバンさんが、疲《つか》れきった顔で入ってくる。

ツイードのジャケットをぬぐと、シルバンさんはソファに長々《ながなが》と寝《ね》そべる。

エリーが、紙袋《かみぶくろ》を持って入ってくる。

「あの診療所《しんりょうじょ》に行くと、病気になるんだよ」シルバンさんが、文句《もんく》をいう。「あそこは、ばいきんの海にちがいない。だから、医者には行きたくないんだ」

「病気だから、いらしたんですよ」

エリーはそういいながら、紙袋《かみぶくろ》から薬びんを取りだして流しの横にならべている。

それから、シルバンさんの横のスツールにすわる。

「お医者さんのいったこと、ぜんぜん教えてくれないの」エリーは、ぼくにこぼす。

「きみは、わたしのおふくろじゃないからね」腕《うで》で目をおおったまま、シルバンさんはいう。「おふくろより、はるかに美しい」

「それはそれは、ありがとうございます」と、エリー。

「熱があるんだ」と、ぼくはいう。

シルバンさんは腕《うで》をおろして、じっとぼくを見る。

「どうしてわかるんだね?」

「犬だからさ。熱のにおいもかげるし、胸《むね》がゼイゼイいっているのも聞こえるよ」

「ほうら、エリー。わかっただろう?」シルバンさんは、力をこめていう。「わたしに医者はいらないんだよ。犬がいるじゃないか！」

「お薬を飲んで、お水もたっぷり飲んでくださいよ」

「水は、あんまり好みじゃないな」

エリーは、けらけら笑いころげる。

「あした、また勉強に来ますね。先生が、すっかり元気になられて、教室を開いてくださるなら」

「だれかが本物の詩を読んでくれるんだったら、やってもいいが」

「いじわるじいさんね」

ぼくの頭にキスしながら、エリーはささやく。

「休んでくださいよ」

ドアから出ていきながら、エリーは呼《よ》びかける。

シルバンさんは、休まない。

ぼくに、にっこり笑ってみせると、コンピュータの前にすわる。

「あの子のこと、気に入ってるんだ」と、シルバンさんはいう。「なのに、わたしのことをいじわるじいさんって呼《よ》んでただろ。聞こえたぞ」キーを打ちながら、シルバンさんはつづける。

「耳は、ちっとも悪くないみたいだね」

「ありがとう。ドクター・ドッグ」シルバンさんは、皮肉っぽくいう。

「で、きみがシルバンさんのお世話をしたんだね」ニッケルがいった。

「そうだよ」

「シルバンさんが、テディのお世話をしたみたいにね」フローラがいう。

ニッケルの声は、とても小さかったけれど、小屋の外に吹雪《ふぶき》が荒《あ》れくるっていてもちゃんと聞こえた。

「シルバンさんがきみのことを救って、ここに連れてきたから、きみもぼくたちを救うことができたんだね」

「たぶんね。ある晩《ばん》、おそくなってから、シルバンさんがぼくのことを書いた詩を、ちょっと読んでくれたんだ。『彼《かれ》は、詩人の犬』って題だっていってた」ぼくは目を閉《と》じて、その詩を思い出した。

「彼《かれ》は、詩人の犬
わたしの落とした言葉を拾うと
彼《かれ》は
やわらかい口で
宝物《たからもの》のように運び
埋《う》めておいてくれる
あとあとのために
やがて
彼《かれ》、詩人の犬は

埋《う》めた言葉を　ひとつずつ渡《わた》してくれ
わたしは　その言葉をつむいでいく」

フローラが、ぼくの背中《せなか》に手を置いた。
「あたし、シルバンさんがテディを置いてけぼりにして出てったたって、ずっと怒《おこ》ってたんだよ。だけど、ほんとは、ちっとも置いてけぼりになんかしなかったんだ」フローラは、そっとくり返した。「ちっとも」

9 思い出

その晩《ばん》は、停電していた。明かりは、暖炉《だんろ》の火と、灯油ランプと、テーブルの上のろうそくだけだった。

ニッケルは、ノートになにか書いていた。

丸太小屋のなかは暖《あたた》かいのに、フローラは肩《かた》に毛布《もうふ》をかけてすわっていた。遠くを見ているような目をしていた。

「なにを考えてるの？」ぼくは、フローラにきいた。

「あたしの子どものころのことよ」

ニッケルが、にんまりして、きいた。

「いまのフローラのことってわけだね？」

フローラは、首を横にふった。

「あたし、前と変わったみたいな気がする」

「たしかに、変わったよ」ぼくは、いった。「とっても勇敢《ゆうかん》になったもの。お母さんに手紙を書いて置いてきたし。ぼくたちに、もう五日くらいもおいしい料理を食べさせてくれたし」

ぼくは、シルバンさんの生徒たちを思い出していた。みんな、人生を子犬のように跳《は》ねまわっていたっけ。自分の書き方を探《さぐ》りながら、大人になっていく若《わか》い人たち。

「あたしが生まれたときのこと、覚えてる？」

フローラが、ニッケルにきいた。

「覚えてるよ。ぼくは、赤ちゃんよりテンジクネズミが欲《ほ》しかったんだ」

「子犬だったときのこと、覚えてる？」

今度は、ぼくにきいた。

「きみたちのような思い出は、持ってないんじゃないかな。ぼくが覚えてることって、ほとんどシルバンさんのことだもの。だって、シルバンさんが言葉をくれたから、思い出ができたんだ。その前のことは、とぎれとぎれに覚えてるけど、なんていったらいいかわからないんだよ」

フローラは、両方の肩《かた》を上げてから、ふうーっとため息をついた。

「あたしが変わったのは、心配してるからなの。前は、心配したことなんかなかったのに」

「なにを心配してるの?」ニッケルが、きいた。

「なにを、じゃないの。だれのことを、なの」

「だれのことを?」ぼくは、きいた。

フローラは、ぼくをしっかり見つめていった。

「あなたのことだよ、テディ」

ニッケルはノートから顔を上げて、ぼくの答えを待っていた。ぼくだって、自分のことを心配していた。でも、それをふたりには、いいたくなかった。

「ぼくには、エリーがいるからね。心配しなくてもいいよ」

エリーは、毎日ぼくたちのところに来てくれる。昼や夜に食べるものを持ってきてくれることもある。

ここのところ、シルバンさんはぐあいがよくなったようだ。毎日、詩を書いている。毎日、ぼくに読んでくれる。

シルバンさんが薬を飲むのを忘《わす》れると、ぼくは薬びんをくわえてふって、教えてあげる。

詩の教室の生徒たちもやってくる。『にぐるま　ひいて』を自分の言葉で書こうとしていた学生が詩を読み、シルバンさんは　とても気に入ったようだ。『春になると、牛たちは』という詩だ。

春になると、牛たちはおかしくなる
柵《さく》を破《やぶ》って
ドドドッと町へ跳《は》ねていき
パイみたいな糞《ふん》を
しこたま落としていく

フローラとニッケルは、エリーが毎日ぼくの世話をしに来てくれると聞いて、ほっとしたようだ。
「いまは吹雪《ふぶき》で来られないけどね。でも、ぼくがこのうちに入れるって知ってるんだ。食料部屋《べや》のいちばん下にある箱をあけて、ドッグフードの口のあいた袋《ふくろ》を見つけられるってこともね」ぼくは、ちょっとだまってから、こうつづけた。「それって、シルバンさんが教えてくれたんだよ」

もう、寝《ね》る時間だった。ぼくたちは赤いマットの上に毛布《もうふ》や枕《まくら》をのせた。

「それに、きみたちが家にもどったら、エリーが車にぼくを乗せて、きみたちのところに連れてってくれるよ。小さな、赤い車でね」

「あした、お祝いのパーティーをしようよ」フローラがいった。「あたし、ケーキに飾《かざ》るクリームの缶詰《かんづめ》、食料部屋《べや》で見つけたんだ」

パーティーか……。

ぼくたちは灯油ランプを消し、ろうそくをふっと吹《ふ》いた。窓《まど》や屋根に、氷の粒《つぶ》が当たる音がした。

それから、暖炉《だんろ》の前で、ひとかたまりになって眠《ねむ》った。

ひと晩《ばん》じゅうずっと。

しっかりと離《はな》れずに。

10 しんとした朝

つぎの朝、ぼくたちは同時に目をさまし、頭をもたげて風の音がしないか耳をすました。

なんにも聞こえなかった。ぼくたちは、顔を見あわせた。

しんとしている。

吹雪《ふぶき》は、終わった。

びっくりしたことに、フローラがわあっと泣きだした。

ニッケルが起きあがって、フローラの肩《かた》を抱《だ》いた。

「だいじょうぶだよ、フローラ。吹雪《ふぶき》がいつまでもつづくはずないじゃないか。わかってただろ」

「パーティー、まだできるかな？」と、フローラがきいた。

ぼくは、パーティーのごちそうに飾《かざ》る材料をガ、サ、ゴ、ソ、や、っ、て、る、（ニッケルにいわせると）フローラを食料部屋《べや》に残して出てきた。ニッケルは暖炉《だんろ》から古い灰《はい》をかきだして、今日のための新しい火をおこしている。

ぼくはドアのレバーを上げて外に出てから、静けさのなかにしばらくじっとしていた。それから、深い雪の上を跳《は》ねながら林をぬけ、池のまわりを通って、フローラとニッケルの車があった道路に出た。道路をずっと見わたした。風の音とおなじぐらいの激《はげ》しさで、静けさが耳にひびいてくる。

雪は、高く降《ふ》りつもっていた。だれも雪かきをしていなかった。いままでに見たことのないくらい、ずっとずっと向こうまで真っ白だ。長い道路のあっちも、そしてこっちも。

耳をすましてみても、遠くの車の音も、除雪車《じょせつしゃ》の音も聞こえてこなかった。

なんの音も。

ふり返って、雪がこんもりと積もった池のまわりを通ってもどった。枝《えだ》が真っ白になっている木々《きぎ》のあいだをぬけていった。

そして、うちに着いた。

体をぶるっとゆすって雪を落とし、ドアのレバーを上げてなかに入った。

フローラとニッケルが、ぼくを見た。

「パーティー、できるよ。まだまだ時間はある」と、ぼくはいった。


エリーが来る。これから、またシルバンさんをお医者さんに連れていくのだ。ぼくに、お菓子《かし》を持ってきてくれた。

シルバンさんは疲《つか》れていて、すっかり弱っているようだ。ずっと薬を飲んでいたのに。

「今日は、お医者さんの話をいっしょに聞きますよ」と、エリーがいう。

「そうガミガミいいなさんな」と、シルバンさん。

「ガミガミいわなきゃいけないんですよ。だって、先生はテディの面倒《めんどう》を見なきゃいけないでしょ」

ドアをあけながら、シルバンさんはエリーの顔を見る。

それから、ぼくのことも。

「ああ、そのとおりだな」シルバンさんは、そっという。

ふたりがうちに帰ってきたとき、ふたりがずっといい争っていたのがわかった。

「入院しなきゃいけませんよ。お医者さんがそういってるんですから」と、エリー。

「まだ、しないよ。病院に行ったら、病気になってしまう」と、シルバンさん。

エリーは、肩《かた》をそびやかす。

「いいわ、わかりました。それじゃ、わたしの携帯《けいたい》電話を置いていきますからね。用があるときには、うちに電話してください。これでいいでしょ」

だれも、なにもいわない。エリーとシルバンさんは、にらみあっている。戦争の最中みたいに。

とうとう、シルバンさんが折れる。

「わかったよ。携帯電話《けいたいでんわ》を置いていきなさい」

そのとき、ぼくにはわかってしまった。シルバンさんは、もう長くはないだろう。

エリーが、ぼくの頭にキスをする。

ドアをエリーがあけたとき、シルバンさんが声をかける。

「ありがとう、エリー」

エリーの目に、涙《なみだ》があふれだす。

シルバンさんは、ぼくの頭に手を置く。ふたりで林のなかを散歩しているときのように。

それから、ツイードのジャケットを着たまま、コンピュータに向かう。

なにかを打ちこんで、プリントアウトする。

それが終わるとソファに行って、横になる。そこで、ひと晩《ばん》じゅう眠《ねむ》るつもりらしい。

ぼくは、赤いマットの上では眠《ねむ》らない。暖炉《だんろ》に小さな火が燃《も》えているけれど。眠《ねむ》っているシルバンさんの横に寝《ね》そべって、見守ったり、耳をすましたりしている。

夜が明けるころ、シルバンさんは目をさます。

エリーの携帯《けいたい》電話をポケットから出して、番号を押《お》している。

「エリーかい？ 来てくれないか？」

シルバンさんが、ぼくを見る。

「エリーが、きみの世話をしてくれるよ。でも、テディ。きみが、宝石《ほうせき》をひと粒《つぶ》かふた粒《つぶ》見つけられるといいな」

宝石《ほうせき》をひと粒《つぶ》かふた粒《つぶ》？ なんのこと？

ぼくは、シルバンさんにぴったりと寄《よ》りそう。

「宝石《ほうせき》をひと粒《つぶ》かふた粒《つぶ》だ」シルバンさんは、くり返す。「わたしを信じなさい」

そして、シルバンさんは目を閉《と》じる。ぼくの首に手を置いたまま。

エリーが来たときも、シルバンさんはじっとそのまま。

なにもかも、静まり返っている。

ずっとあとになって、コンピュータの横にシルバンさんがプリントアウトした紙があるのをエリーが見つける。エリーが、ぼくに読んでくれる。

「テディとエリーへ

きみたちのおかげで、ぼくの人生は喜びに満ちていた。

この小屋はテディに残すことにして、きみたちふたりの名前を、必要な書類と銀行の口座《こうざ》に書いておいた。エリー、きみはきっとテディが元気でいられるように、しっかりと見守ってくれるだろう。そして、わたしにいってくれたように、テディが、その賢《かしこ》い言葉を聞くことができるだれかといっしょに暮《く》らせるよう、後見人として手助けをしてくれると思っている。

ふたりとも、心から愛しているよ。

シルバンより」

エリーは、両腕《りょううで》でぼくをしっかり抱《だ》いていう。

「わたしたち、ぜったいだいじょうぶだよね」

静かな、力強い声で。

11

過《す》ぎさった時と、今と

パーティーのごちそうは、チョコレートでくるんだクッキーだった。石みたいに固かったけれど、おいしかった。

フローラは、ドッグフードにもチョコレートをかけてくれた。犬にチョコレートは禁物《きんもつ》だけど、ぼくはなにもいわなかった。

ドアのレバーを上げて、外に出た。

毎日、ニッケルが雪かきをしてくれたので、雪の上の小道を歩いて、真っ白な世界を見ることができた。

そのとき、遠くに人影《ひとかげ》が見えた。真っ赤な服を着たその人は、林のなかをスキーでやってくる。どんどん、どんどん近づいてくると、林をぬけて丸太小屋のまわりの空き地に入ってきた。

だれだか、わかってたよ！

「テディ！」エリーが呼《よ》んでくれる。

またエリーに会えるなんて、うれしくて信じられない。立ち止まったエリーに、しっぽをふって飛びついた。エリーはけらけら笑いだして、スキーをぬぎながらなでてくれ、雪の上にひざをついて抱《だ》きしめてくれた。

「テディ」息を切らしながらいう。「嵐《あらし》のなかでどうしてるかって、すっごく心配してたのよ！」

「うちからずっとスキーで来たの？」

「ええ。でなきゃ来られないもの。車は雪に埋《う》まってるし、道路の雪や氷もまだかたづいてないし」

「そうだよね」

エリーは、小屋の煙突《えんとつ》を見上げた。

「暖炉《だんろ》の煙突《えんとつ》から煙《けむり》が出てる！」

ぼくは起きあがり、エリーといっしょに丸太小屋のドアまで行った。

「ぼくが火を焚《た》いたんじゃないよ。なかに入って」

エリーは、スキーを小屋に立てかけた。ドアをあける。

暖《あたた》かい小屋のなかで、暖炉《だんろ》にあたっていたニッケルとフローラがふりむいた。ニッケルは、ぼくといっしょに人がいるのを見て、目を丸くした。

「エリーだよ！」ぼくは、幸せいっぱいの声でいった。「エリーが来てくれたんだ！」

ニッケルとフローラは、すぐにエリーが大好きになった。エリーのほうも、チョコレートでくるんだ固いクッキーが大好きになった。暖炉《だんろ》の前で、ぼくの首に手を置きながら、三枚《まい》も食べた。

「ラジオで聞いたわ。あなたたちが、子どもが六人いる家族に助けてもらったって」エリーがいった。「お母さんの車の助手席に、手紙を置いてったでしょ」

ニッケルとぼくは、フローラの顔を見た。

フローラは、真っ赤になっている。

「そんなふうに書いたの、忘《わす》れちゃってたよ。ちょっぴりおまけをつけといたんだ」

エリーは、笑いだした。

「そのおまけが、役に立ったの。お父さんとお母さんは、それを読んでほっとしたのよ。たぶん、あしたかあさってになったら、道路はすっかりきれいになるわ。停電も終わるでしょうし」

エリーは、ちょっとだまってからつづけた。

「あなたたちふたりがこの小屋に来てくれて、ほんとによかったわ」

「テディが、ぼくたちを救ってくれてよかったよ」と、ニッケル。

「きみたちを救助する方法を教わってたからね」ぼくは、いった。

「シルバンさんから教わったんだよね」フローラが、うなずいた。「テディが、シルバンさんのこと話してくれたの」

ふいにエリーが背筋《せすじ》をのばして、いままで見たことのない顔をした。

「びっくりすること、いま気がついちゃった。すばらしいことよ」

「なんのこと？」ニッケルがきいた。

エリーは、大きく息を吸《す》った。

「あなたとフローラに、テディの賢《かしこ》い言葉が聞こえるってこと」

エリーは、ぼくの顔を両手でつつんだ。

「ふたりには、聞こえるのね」エリーは、ささやいた。「シルバン先生が、ずっと望んでたことだわ」

「ふたりには、聞こえる。エリーにも、聞こえる」ぼくは、いった。「なんだか過《す》ぎさった時と今とが重なって、ひとつになったみたいだ。そう思わない？」

エリーは、にんまりした。

「思う、思う！」

エリーは大きくうなずいた。

12
約束

お昼を食べてから、エリーは家に帰ることになった。帰る前に、ニッケルとフローラの家の電話番号をきいた。

「お母さんの名前はルビー、お父さんはジェイクだよ」ニッケルがいった。「テディがぼくたちを見つけたとき、エリーさんもここにいたっていうほうが、いいんじゃないかな。アイリッシュ・ウルフハウンド犬に救われたっていっても、信じないかも」

「ふたりとも元気だって伝えて、この小屋がどこにあるか、教えてあげるね。それから、わたしもここに住んでるっていうわ。お母さんたちがここに来て、どうなっちゃうか見たら、ニッケルもフローラも、ぜったいびっくりするわよ。あなたたちに会えたのがうれしくって、だれが見つけたかなんて、ぜったい気にしないと思う」

「お母さんたちが、あたしをびっくりさせたことなんかないんじゃないかな」と、フローラがいった。

「だけど、いきなりふたりでダンスしはじめたときのこと、覚えてるだろ」と、ニッケル。

フローラは、うなずいて、眉《まゆ》をひそめた。

「ダンス、ちょっとへたっぴいだった」

エリーが、外に出てスキーをはいた。

ぼくたちそれぞれにキスをしてから、エリーは出ていった。真っ白な上にぽつんと浮《う》かんだ赤い点が遠ざかっていく。

「みんなを、小さな、赤い車でドライブに連れてくからねえ！」手をふって、大きな声でいう。

「ありがとう！」フローラも大きな声でいった。

ぼくたちは、エリーのスキーがゆっくりと林のなかに消えて見えなくなるまで見送った。

「もどってくるよ」ニッケルが、ぼくの顔を見ていった。

「もどってくるさ。だってエリーだもん」ぼくもいった。

ニッケルは雪玉を丸めて、宙《ちゅう》に投げた。

ぼくは飛びついて、口でキャッチした。

なんの味もしなかった。


その晩《ばん》、ぼくたちは暖炉《だんろ》でとてもおいしいシチューを温めて食べた。

「これ、なにが入ってるの？」ぼくは、フローラにきいた。

「気にしなくていいの」

「テディは知らないほうがいいってことだよ」と、ニッケル。

ぼくはうなずいて、食べつづけた。

「ぼく、エリーさんが来たとき、本当なのか夢《ゆめ》なのかわからなかった」ニッケルが、食べながらぼくにいった。

「そう思ってるなって、気がついてたよ」

「エリーさんに会ったら、うちへ帰るのがそんなにいやじゃなくなった」と、フローラがいった。「だけど、会えなくなったらさびしいな、テディ」

のどに、なにかがつっかえた。

「そしたら、小さな赤い車のこと、思い出してよ」やっとのことで、ぼくはいった。

「あたしたちに会いに来るって、約束する？　ぜったいだよ」

「ぜったい、ぜったい、ぜったい、ぜったい、ぜったい……」

ぼくがいうと、ふたりは笑いだした。

笑うと思った。

ぜったい信じてくれると思った。

それから、最後にいっしょに眠《ねむ》った――

ひとかたまりになって――

暖炉《だんろ》の前で――
静かな小屋のなかで。

13
宝石《ほうせき》を、ひと粒《つぶ》かふた粒《つぶ》

思っていたより、ずっと早くその時が来た。

ドアをノックする音――

ニッケルがドアをあける――

男の人、ニッケルのお父さんが、さっと抱《だ》きあげる――

泣いているニッケル。

いままで、ニッケルが泣いているのを見たことがなかった。吹雪《ふぶき》のなかで見つけたとき、ほっぺたに涙《なみだ》の筋《すじ》ができていたけど。

フローラは、暖炉《だんろ》の前に立って、ふたりをじっと見ていた。ぼくがそばに行くと、首筋《くびすじ》に手を置いてくれた。ぼくの大好きなやり方で。

すると、ニッケルのお父さんがフローラのほうを見た。小屋に入って、ドアを閉《し》めた。

「手紙をありがとうな、フローラ」近寄《ちかよ》ってきたお父さんが、フローラの手をとった。

ぼくがそばにいるのに、気づかないらしい。フローラをかかえあげて、ぎゅっと抱《だ》きしめている。フローラは、お父さんの首に両腕《りょううで》をまわした。

お父さんは、ぼくの好きなにおいがした。

「エリーさんが、ずっとそばにいてくれたんだってね」お父さんがいった。

フローラが体をそらせたので、お父さんは下におろした。

「これは、テディよ」フローラがいった。「ほんとはテディが、あたしたちを見つけてくれたの。テディが救ってくれて、この小屋に連れてきてくれたんだよ。子どもが六人いるうちの人じゃなくって。お父さんたちが心配しないように、ちょっぴりウソついちゃった」

お父さんは、ぼくをちょっと見つめた。

「こんにちは、テディ。ジェイクだよ」

「こんにちは、ジェイク」ぼくは、いった。

お父さんは首をちょっとふって、困《こま》った顔になった。

「なにをいってるか、わからないんだよ」フローラが、とっても小さな声でぼくにささやいた。

「わかってる。言葉が聞こえても聞こえなくても、ぼくは返事することにしてるんだよ。でも、お父さんには、ぜったいなにか聞こえたと思うな」

お父さんは、ぼくの頭の向こうにある本棚《ほんだな》をながめた。

「ちょっと待てよ。ここは、だれのうちなんだい？　もしかして、シルバン先生の家？　壁《かべ》に先生の写真が飾《かざ》ってあるじゃないか。本棚《ほんだな》に先生が書いた本もあるし」

ぼくたちは、びっくりした。

「そうだよ、お父さん」ニッケルが答えた。「シルバンさんが、テディと住んでたんだ。テディがぼくたちを救ってくれたみたいに、シルバンさんがテディを救ったんだよ」

お父さんは、椅子《いす》にすわった。

「きみが、『彼《かれ》は、詩人の犬』に出てくるテディなのか」小さな声でいった。

「うん」ぼくはいった。

お父さんは、うつむいた。遠くから聞こえるなにかに耳をすましているように。

フローラが、ちょっとほほ笑《え》んだ。

「わたしは、シルバン先生に教わったんだよ。『彼《かれ》は、詩人の犬』も、先生が送ってくれたんだ」

お父さんは、そういってから、にんまりした。

「シルバン先生にいわれたことがあるんだ。きみも、そんなになまけものじゃなかったら、詩人になれるのになあって」

ニッケルが、笑いだした。

すると、フローラが、お父さんの前に行った。

「あたし、テディといっしょじゃなきゃ、うちに帰らないよ」

小屋のなかが静まり返った。

ぼくの首筋《くびすじ》の毛が、ざわざわと逆立《さかだ》った。

しばらくしてから、お父さんが肩《かた》をすくめてこういった。

「きみのいうとおりだよ、フローラ＝ジュエル。きみたちはテディに救われたんだから、いっしょにうちに帰らなきゃね。もう、この家にはシルバン先生がいないんだし」

ジュエル？　ジュエルって、宝石《ほうせき》のことだよね。

フローラは、ぼくがびっくりしたのに気がついた。

「あたし、フローラ＝ジュエルって名前なの」小さな声で、いった。「バカっぽい名前だよね。ママなんて、ルビーって名前なんだから」

バカっぽくないさ。ちっともバカっぽくないよ。

「あたしたちといっしょにうちに来る、テディ？」

この小屋を出ていくってこと？　そんなこと、できるはずないだろ？

フローラが、ぼくの顔を見た。

ぼくがなにを思っているか、フローラにはすぐわかるみたいだ。

「エリーさんが、ここに連れてきてくれるよ。来たくなったら、いつでも」

「そうだよ。テディも、いっしょにうちに帰らなきゃ」ニッケルがいった。

ふたりのお父さんが、ぼくの頭をなでた。

「ああ、テディもいっしょにうちに帰ろう」

フローラ＝ジュエルだって？


暖炉《だんろ》の火を消して、小屋のドアを閉《し》めた。丘《おか》を登って、お父さんの大きな車が停《と》まっているところまで行った。

前に車に乗ったときのことは、覚えていない。シルバンさんが動物保護施設《ほごしせつ》からぼくを連れて帰るときに、ぜったいにだれかの車に乗ったはずだけど。

でも、そのときはまだ、ぼくは言葉を知らなかった。

後部座席《ざせき》で、ニッケルがぼくの耳に口を近づけた。

「テディの言葉、お父さんには聞こえてるんじゃないかな、ちょっとだけ。お父さん、詩人になれなかったけど、気にしてないと思うよ。学校で、国語の先生をしてるんだ。詩や物語を教えてるんだよ」

「きみたちには、ぼくの言葉が聞こえてる。大事なのは、そのことだけだよ」と、ぼくはいった。「それに、お父さんが先生だなんて、教えてくれなかったじゃないか」

「だって、きかれなかったもの」

お父さんは、携帯《けいたい》電話でニッケルたちのお母さんと話していた。

「ルビーかい？　フローラとニッケルに会えたよ。いっしょに、うちに向かってるところ。ふたりは、すばらしい犬に助けてもらったんだよ。テディっていうんだけど、自分のうちに連れていって、面倒《めんどう》を見てくれたんだ。ルビー、聞いてるかい？　いま、テディもいっしょに車に乗ってるんだよ」

お父さんが耳をすましているあいだ、車の中はしーんと静まり返った。バックミラーに映《うつ》ったお父さんは、ぼくたちを見てにっこりと笑った。

「ルビーが、すごーい！　ってさ」

こうして、ぼくたちは雪道を走り、雪におおわれた牧場や、池や、木立の横を通っていった。

道路を走っているのは、ぼくたちの車だけ。

世界じゅうで、たった一台の車。


大きな白い家のある丘《おか》のふもとに着いて、車から降《お》りた。玄関《げんかん》のドアがあいて、お母さんのルビーが、寒いなかコートも着ないで走って出てきた。

フローラとニッケルが、丘《おか》をかけあがって、お母さんに抱《だ》きついた。

それから、お母さんは、ぼくを見た。とたんに、わあっと泣きだした。フローラそっくりに。

「アイリッシュ・ウルフハウンドね！　アイリッシュ・ウルフハウンドだって、教えてくれなかったじゃない！　わたし、子どものころ、ずっといっしょに育ったのよ」

お母さんは、ぼくの首に手を置いてひざをつき、ぼくにほおをすりよせた。吹雪《ふぶき》の夜、最初に小屋に連れていったとき、フローラがしてくれたように。

「ジュエルは、世界一すばらしい犬だったのよ。あなたは、ジュエルそっくりだわ！」

ジュエル！　宝石《ほうせき》！

お母さんは、ぼくの首に手を置いたままいった。

「よく来てくれたわね、テディ。これから、ここがあなたのおうちよ」

「宝石《ほうせき》を、ひと粒《つぶ》かふた粒《つぶ》見つけなさい。わたしの言葉を信じるんだよ」

みんなといっしょに丘《おか》を上りながら、シルバンさんがぼくとならんで歩いているのがわかった。

フローラのいったとおりだ。

シルバンさんは、ぼくを置いてけぼりになんかしなかった。ぜったいに。

訳《やく》者《しゃ》あとがき

猛吹雪《もうふぶき》のなか、道に迷《まよ》った兄妹《きょうだい》を一頭の大きな犬が救って、林のなかの丸太小屋に連れていってくれました。じつはこのアイリッシュ・ウルフハウンド犬テディは、子どもと詩人とだけ言葉を交《か》わすことができる犬だったのです。テディは、言葉を教えてくれた詩人のシルバンさんと別れ、つらい日々《ひび》を過《す》ごしていました。こうして、両親のもとから離《はな》れたニッケルとフローラ兄妹《きょうだい》と、ひとりぼっちのテディは、雪嵐《ゆきあらし》に閉《と》じこめられた小屋で、助けあいながら生きていきます。

この物語は、猛吹雪《もうふぶき》のなか、子どもたちと犬だけでどうやって生きぬいたかという話であると同時に、愛する者を失った悲しみから立ち直っていく話でもあります。テディの、胸《むね》がつぶれるような喪失《そうしつ》の悲しみが、ほのかなぬくもりのある悲しみに変わっていく過程《かてい》を、作者は簡素《かんそ》な文章で、静かに語っていきます。

作者であるパトリシア・マクラクランさんは、アメリカの著名《ちょめい》な児童文学作家で、アメリカの優《すぐ》れた児童文学に贈《おく》られるニューベリー賞を受賞した『のっぽのサラ』(金原瑞人《みずひと》訳《やく》、徳間《とくま》書店刊《かん》)、続編《ぞくへん》の『草原のサラ』(こだまともこ訳《やく》、徳間《とくま》書店刊《かん》)など、数々《かずかず》の作品が邦訳《ほうやく》されています。『草原のサラ』に「パパの手紙は、行と行とのあいだにいろんなものが見える」という文章があります。『テディが宝石《ほうせき》を見つけるまで』もまた、兄妹《きょうだい》と犬のテディの口には出せない不安や恐怖《きょうふ》、お互《たが》いを思いやる暖《あたた》かさが、短い文章の間からしみじみと伝わってくる作品だと思います。

さて、犬のテディは、シルバンさんに沢山《たくさん》の物語や詩を読んでもらいながら言葉を覚えていきます。ノーベル賞を受賞したアイルランドの詩人イェーツや、二十世紀最高の作家のひとりジェイムズ・ジョイス、英国のシェイクスピア、ワーズワースの名前は、きっとみなさんも耳にしたことがあるでしょう。ナタリー・バビットは、アメリカを代表する児童文学作家で、『時をさまようタック』(評論社刊《ひょうろんしゃかん》)ほか、いくつかの作品が邦訳《ほうやく》されています。ビリー・コリンズは、一九四一年生まれのアメリカの詩人で、アメリカではとても人気があるということです。邦訳《ほうやく》された詩集に『エミリー・ディキンスンの着衣を剝《は》ぐ』（小泉純一《こいずみじゅんいち》訳《やく》、国文社刊《かん》）があります。どきっとする書名ですが、平易《へいい》な言葉でつづられた、ユーモアのある、すてきな詩集です。月夜の森でオオカミがおとぎ話を読んでいる『オオカミ』という詩など、「もしかしてシルバンさんが書いたのでは？」と思ってしまいました。

『シャーロットのおくりもの』（E・B・ホワイト作、さくまゆみこ訳《やく》、あすなろ書房《しょぼう》刊《かん》）は、アメリカでは誰《だれ》でも知っているというくらい有名な、児童文学の古典です。「ナルニア国ものがたり」シリーズ（C・S・ルイス作、瀬田貞二《せたていじ》訳《やく》、岩波書店刊《かん》）の『ライオンと魔女《まじょ》』は、お読みになった方もおおぜいいらっしゃることでしょう。『朝の少女』（マイケル・ドリス作、灰谷健次郎《はいたにけんじろう》訳《やく》、新潮社刊《しんちょうしゃかん》）は、アメリカ先住民の血をひく作者が書いた、美しく、感動的な短編《たんぺん》ですが、物語の結末を読んだときの衝撃《しょうげき》は、いまだに忘《わす》れられません。最後にテディの大好きな絵本『にぐるま　ひいて』（ドナルド・ホール文、バーバラ・クーニー絵、もき　かずこ訳《やく》、ほるぷ出版刊《しゅっぱんかん》）は、アメリカの優《すぐ》れた絵本に与《あた》えられるコルデコット賞を受賞した、文章も絵もじつに美しい作品です。

おしまいに、日本ではめったにお目にかかれない、アイリッシュ・ウルフハウンド犬についてもお話ししておきましょう。世界の四三八犬種を紹介《しょうかい》した『世界の犬種図《ず》鑑《かん》』（エーファ・マリア・クレーマー著《ちょ》、古谷沙織訳《さおりやく》、誠文堂新光社刊《せいぶんどうしんこうしゃかん》）によると、雄《おす》は体高七十九センチ以上、体重およそ五十五キロという超《ちょう》大型犬で、家のなかで飼《か》うなら広大な邸宅《ていたく》、庭なら公園ほどの広さでなければ無理だとか。古代ローマ人が、オオカミ狩《が》りやエルク狩《が》りに使っていたということですが、性格《せいかく》は、優《やさ》しく穏《おだ》やかで子どもも好きといいますから、まさにテディそのものですね。犬好きのわたしも、いつかひと目でいいから会いたいと願っています。

二〇一七年九月

こだまともこ

パトリシア・マクラクラン

アメリカの児童文学作家。1938年、ワイオミング州に生まれる。コネティカット大学卒業後、1年ほど中学校教師をしたのちに執筆活動に入る。『のっぽのサラ』(徳間書店)で、ニューベリー賞を受賞。簡素でいて詩情豊かな作風で知られ、『犬のことばが聞こえたら』(徳間書店)、『ぼくのなかのほんとう』(リーブル)など、邦訳多数。

こだまともこ

東京生まれ。出版社で雑誌の編集に携わったのち、児童文学の創作と翻訳を始める。絵本作品に『3じのおちゃにきてください』(福音館書店)、翻訳に「ダイドーの冒険」シリーズ(冨山房)、『月は、ぼくの友だち』(評論社)、『ぼくが消えないうちに』(ポプラ社)、「アーチー・グリーンと魔法図書館」シリーズ(あすなろ書房)など。

テディが宝石を見つけるまで

2017年11月15日　初版発行

著　者　パトリシア・マクラクラン
訳　者　こだまともこ
発行者　山浦真一
発行所　あすなろ書房
〒162-0041 東京都新宿区早稲田鶴巻町551-4
電話 03-3203-3350(代表)
印刷所　佐久印刷所
製本所　ナショナル製本

 ISBN978-4-7515-2874-7
NDC933 Printed in Japan